낙서 대장 또야

낙서 대장 또야

김나월 글
지수 그림

그린애플

등장인물

또야

그림 그리기를 좋아하는 낙서 대장.
장난기가 넘치는 들쥐 친구다.

멋쟁이와 통통이

또야의 들쥐 친구들.
멋쟁이는 예쁜 옷을,
통통이는 맛있는 음식을 좋아한다.

사자

들판의 무법자.
다들 사자를 무서워한다.

코리

눈과 코 사이에 흉터가 있는 코끼리.
언제나 혼자 다닌다.
또야를 귀찮아한다.

1
똥 벼락

들쥐 콩쥐는 만날 만날 그림을 그려요. 땅바닥에도,
나무에도, 바위에도! 보이는 대로 그림을 그리지요.

"콩쥐야, 또 낙서해?"

지나가던 친구들이 묻다가

"또 그림 그리는 거야?"

하던 말이 별명이 되어 버렸어요. 그래서 친구들은
콩쥐를 '낙서 대장 또야'라고 부른답니다.

또야는 오늘도 아침 일찍 그림 도구를 챙겨 집을

나섰어요. 씩씩하게 걷다가 커다란 바위 앞에서 걸음을 멈췄지요.

하늘만큼 높고 땅만큼 넓은 큰 바위 아래쪽은 또야가 그린 그림들로 가득해요. 며칠 전에는 높은 곳까지 그림을 그리고 싶어서 바위를 기어오르다 그만 발톱이 부러졌지 뭐예요. 그래도 또야는 포기하지 않아요. 날마다 바위를 바라보며 주먹을 불끈 쥐지요.

큰 바위 근처에는 물이 가득한 웅덩이가 있어요. 어제 비가 와서 웅덩이에 물이 가득 고여 있지요. 또야는 웅덩이 옆에 납작 엎드려 물 위에 그림을 그렸어요. 지나가던 들쥐 친구 멋쟁이와 통통이가 다가와 물었어요.

"여기서 뭐 해? 또 그림 그리는 거야?"

또야는 친구들 목소리를 듣지 못했어요. 머릿속에 떠오르는 그림들을 물 위에 그리느라 정신없었거든요.

"하여튼 못 말리는 또야."

멋쟁이와 통통이는 고개를 저으며 가 버렸어요.
그런데 물장난에 폭 빠진 또야 위로 갑자기 하늘이
컴컴해지는 게 아니겠어요? 아주 커다란 바위가 떨
어지듯 크고 물컹한 회색 구름이 바람처럼 빠르게
다가왔지요. 곧이어 사방으로 물방울이 튀었어요.
또야는 쏟아지는 물줄기에 쫄딱 젖고 말았지요.

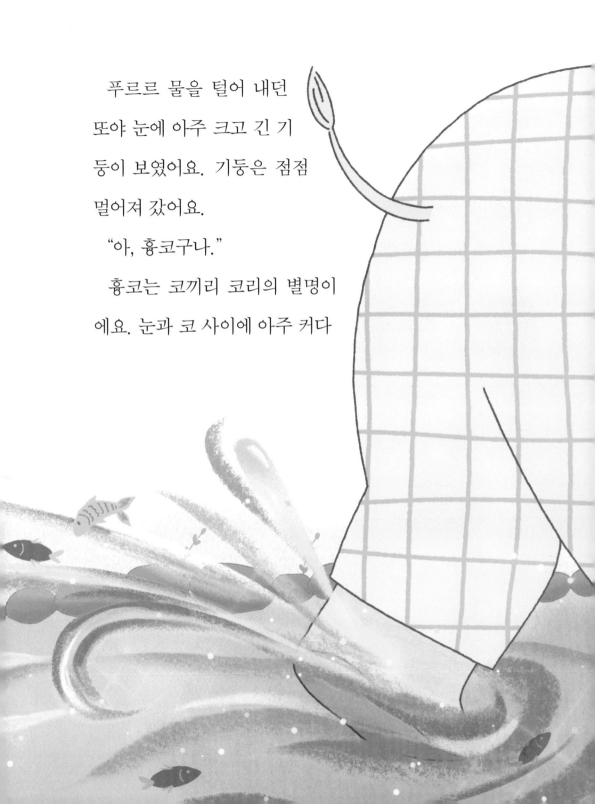

푸르르 물을 털어 내던
또야 눈에 아주 크고 긴 기
둥이 보였어요. 기둥은 점점
멀어져 갔어요.
"아, 흉코구나."
흉코는 코끼리 코리의 별명이
에요. 눈과 코 사이에 아주 커다

란 흉터가 있대요. 또야가 흉터를 직접 본 건 아니에
요. 코리는 항상 혼자 다니거든요. 누구와도 어울리
지 않아요.

멀어지는 코리의 동그란 엉덩이가 자꾸만 또야 눈
을 사로잡았어요. 또야 머릿속에 매끈한 엉덩이에
그릴 그림들이 마구마구 떠올랐지요. 또야는 코리
뒤를 쪼르르 쫓아갔어요.

코리는 또야가 뒤따라오는 게 싫었어요. 마침 똥
이 마려웠던 코리는 또야 머리 위에 누렇고 질펀한
똥을 툭 떨어뜨렸어요. 또야는 똥 벼락을 맞고 말았
답니다.

"퉤퉤!"

아무리 침을 뱉어도 찝찝했어요. 입안에 계속 똥이
남아 있는 것 같았거든요. 또야는 아드득 이빨을 갈
았지요.

코리는 펄펄 뛰는 또야 모습에 쿡 웃음을 터트렸
어요. 웃다가 깜짝 놀라 코를 높이 올렸지요. 오랜
만에 웃는다는 생각이 들었거든요. 코로 눈 밑을 더
듬자 울퉁불퉁한 흉터가 만져졌지요. 코리는 흉터
를 만질 때마다 엄마를 떠올려요. 엄마 생각이 나면
언제나 눈물이 나지요.

가만두지 않겠어.
복수하고 말 테야!

콩알만 한 게…….

2
복수하고 말 테야

똥 벼락을 맞은 또야는 코리를 골탕 먹이고 싶었어요. '어떻게 하지?' 온종일 그 생각뿐이었지요. 그러다 작고 새까만 또야 눈이 반짝 빛났어요.

"맞아. 흉코는 혼자 있는 걸 좋아해. 그렇다면……."

또야는 그림 도구를 챙겨 신나게 호수로 달려갔어요. 코리는 호숫가에 앉아 코를 늘어뜨린 채 졸고 있었어요.

"오, 예!"

또야는 엉덩이를 까불며 춤을 추었어요. 그리고는 조심조심 코리에게 다가갔어요. 코리는 아무것도 모르고 깊은 잠에 빠져 있었지요. 또야를 본 물고기들이 시끄럽게 뛰어 올랐어요.

"쉿!"

또야는 물고기들에게 눈짓하며 코리의 기다란 코로 다가갔어요.

그 순간, 코리가 코를 벌름거리며 몸을 비틀었어요. 또야는 깜짝 놀라 뒷걸음질쳤지요. 아무래도 코는 위험할 것 같아 뒤쪽으로 가 코리 엉덩이로 살금살금 올라갔어요. 그러자 이번에는 채찍 같은 꼬리가 날아왔지요.

또야는 꼬리를 피하려다 그만 바닥에 떨어지고 말았어요. 아프지만 참았지요. 코리가 깰까 봐요. 다행히 코리는 금세 얌전해졌어요.

"색연필을 꺼냈으면 줄이라도 그어야지!"

또야는 색연필을 들고 코리 뒷다리로 다가갔어요. 바위처럼 우둘투둘한 코리 다리에 색연필로 그림 그리기는 힘들었어요.

또야는 물감을 꺼내 코리 다리에 쓱쓱 그림을 그렸지요. 코리 발톱에 예쁘게 색칠도 했어요. 빨간 열매를 그리고 노란 꽃도 그렸어요. 쓱쓱 싹싹 신나게 그렸지요. 또야 손이 움직일 때마다 두툼한 코리 다리가 알록달록하게 변해갔어요.

"정말 멋진걸!"

또야는 예쁘게 색칠한 코리 뒷다리를 요리조리 살폈지요. 가까이에서 보고, 멀리서도 봤어요.

그때 코리가 꿈틀꿈틀 기지개를 켰어요. 또야는 후다닥 도망쳤어요.

"으악! 이게 뭐야!"

늘어지게 자고 일어난 코리는 뒷다리의 그림을 보고 깜짝 놀랐어요. 안 봐도 범인을 알 것 같았지요.

"또야, 이 녀석!"

코리는 벌떡 일어나 호수에 들어갔어요. 코에 물을 담아 다리를 북북 문지르려고요. 그런데 이게 웬걸. 뒷다리까지 코가 닿지 않는 거예요. 코로 뒷다리를 잡으려고 뱅글뱅글 돌아봤지만 소용없었어요. 물속에서 다리를 휘휘 젓고 물을 첨벙이기도 했어요. 아무리 애써도 다리에 그려진 그림은 지울 수 없었어요.

"뭐 해?"

마침 호수 옆을 지나던 멋쟁이와 통통이가 물었어요. 멋쟁이와 통통이는 대답 대신 코리가 튕겨 대는 물만 뒤집어썼지요.

멋쟁이와 통통이는 또다시 물세례를 맞을까 봐 후

다닥 달아났어요. 둘은 가다가 물감이 덕지덕지 묻은 또야를 만났어요. 또야는 무척 즐거워 보였지요.

"또 뭘 그린 거야?"

멋쟁이가 묻자 또야는 수염을 튕기며 웃었어요.

"흉코 다리에 멋지게 복수했지."

"그래서 흉코가 호수에서 그러고 있었구나."

통통이가 호수에서 첨벙대던 코리 이야기를 했어요. 또야는 기운이 쭉 빠졌어요.

"뭐라고?"

복수라고 말했지만, 사실 코리를 예쁘게 꾸며 주고 싶거든요. 바보같이 그것도 모르고 바로 지워 버리다니! 한숨 쉬는 또야에게 멋쟁이가 갑자기 생각난 듯 말했어요.

"세 밤만 자면 우리 소풍날이지? 뭘 입을까?"

멋쟁이가 고개를 갸웃거리자 통통이가 침을 꼴깍

삼키며 말했어요.

"난 샌드위치와 쿠키 가져갈 거야. 도시락도 큰 걸로 가져갈게."

벌거숭이 언덕에서 친구들과 뛰어놀 생각에 또야도 마음이 부풀었어요.

3
많이 아팠겠다

다음 날이 밝았어요. 또야는 색연필과 물감, 스케치북까지 챙겨 집을 나섰지요. 큰 바위를 쳐다보며 다짐하는 것도 잊지 않았고요.

"언젠가 멋지게 꾸며 줄게. 딱 기다려!"

오늘은 스케치북에 코리를 그릴 생각이에요. 연필로 스케치하고 색연필로 예쁘게 색칠할 생각에 마음이 부풀었어요. 호숫가에 도착한 또야는 코리와 조금 떨어진 곳에 자리 잡았어요.

또야를 본 코리는 빨간 열매나 실컷
먹으러 가야겠다고 생각하며 일어섰어요.
어제 다리에 낙서당한 걸 생각하면 화가 났지
만, 콩알만 한 녀석과 다툴 수도 없으니까요. 코리는
엉덩이를 실룩이며 보란 듯이 걸어갔지요.
　멀어지는 코리를 아쉽게 바라보던 또야는 나뭇가
지를 집어 땅바닥에 그림을 그리기 시작했어요. 햇
님도 또야를 그렸어요. 또야 그림자가 길어졌다 짧
아지며 서쪽에서 동쪽으로 천천히 옮겨갔지요.

"다 그렸다!"

　　한참 만에 또야가 나뭇가지
를 치켜들며 소리쳤어요. 주위에 아무도 없다는 걸
알고 괜히 나뭇가지로 머리를 긁었지요. 그러고는
풀숲에 벌러덩 누웠어요.

　파란 하늘에 하얀 구름이 흘러가고 있었어요. 구
름은 코끼리가 되었다가 이내 날개 달린 새가 되었
어요. 다시 긴 기차로 변할 때쯤 풀숲에서 고로롱고
로롱 소리가 나기 시작했어요. 바로 또야가 코 고는

소리였어요.

코리는 호숫가로 돌아오다 풀숲에서 자고 있는 또
야를 발견했어요. 또야 옆에는 동그란 눈과 매끈하
고 긴 코, 부채같이 넓은 귀가 있는 코끼리
그림이 있었어요. 눈 밑에는 예쁜 꽃이
그려져 있었지요. 꽃만 없다면 엄마와
꼭 닮은 코끼리였어요. 엄마
생각을 하니까 또
눈물이

낮어요. 코리는 눈을 질끈 감았어요. 호수에서 물고
기들이 물 위로 튀어 오르는 소리가 조용하고 편안
한 노래 같아요. 그 소리를 들으며 코리는 꾸벅꾸벅
졸기 시작했지요. 하늘에 몽실몽실 구름이 흘러가고
호수는 은빛 물결로 출렁였어요.
코리 등이 오르락내리락했지
요. 풀숲에선 고로롱고로
롱 소리가 편안하게

울렸고요. 들판의 바람도 조용조용 불었어요.

"아함, 잘 잤다."

또야가 입이 찢어져라 하품하다 말고 배시시 웃었
어요. 코리를 발견했거든요. 또야는 수염을 탁 튕기
며 졸고 있는 코리 등으로 올라갔지요.

"우아!"

커다란 코리 등에서 내려다본 들판 풍경은 굉장했
어요. 세상 끝까지 호수가 있는 줄 알았는데, 호수

건너편에도 들판이 펼쳐져 있는 거예요. 세상 모든 게 또야 발아래에 있었어요. 까마득히 높은 바위도, 아름드리 큰 나무도 작아 보였지요. 하늘을 가리던 풀숲조차 코리의 발등보다 낮았어요.

"멋지다, 멋져!"

코리 등은 넓고 폭신했어요. 코리가 숨 쉴 때마다 등이 오르락내리락했지요. 또야는 놀이기구를 탄 것마냥 신났어요. 그러다 문득 코리 흉터가 보고 싶어졌어요. 무엇이든 잘 그리려면 정확하게 봐야 하니까요.

"흉터가 눈 옆에 있다고 했는데……."

또야는 가만가만 코리 눈 가까이 다가갔어요. 기다란 속눈썹 바로 밑에 크고 깊은 흉터가 있었어요.

"많이 아팠겠다."

또야는 흉터를 살살 쓰다듬었어요. 흉터에 호, 입

김도 불어 주었지요. 그때 갑자기 코리 코가 날아와 흉터를 북북 긁었어요. 또야는 너무 놀라 소리치고 말았지요.

"으악!"

그 소리에 잠을 깬 코리가 벌떡 일어났어요. 또야는 후다닥 코리 등 한복판으로 도망갔지요. 코리는 코로 또야를 쫓으며 소리쳤어요.

"너, 뭐야! 빨리 안 내려와?"

또야는 도망가다 우뚝 멈춰 섰어요. 아무래도 궁금한 건 못 참겠는 거예요. 마음을 굳게 먹고 다가가 흉터를 부드럽게 어루만지며 물었어요.

"여기가 아직도 아파?"

또야 손길에 코리는 움찔했어요. 그 바람에 또야를 쫓던 코리 코는 공중에 멈춘 채 너울너울 춤을 추었지요.

"이 흉터가 엄마 때문이라고 하던데……."

또야는 계속 흉터를 쓰다듬었어요.

"뭐? 말도 안 돼!"

코리는 흉터에 대해 한 번도 말한 적 없어요. 혹시 물어볼까 봐 다른 동물과 마주치는 것도 피해 다녔거든요. 지금까지 물어본 동물도 없었지만요.

또야가 코리를 부드럽게 다독이며 말했어요.

"말하기 싫으면 안 해도 돼."

"당장 내려와!"

코리는 또야를 잡으려고 했고, 또야는 요리조리 피했지요. 호수에서 물고기들도 부지런히 튀어 올랐어요.

첨벙, 찰랑, 풍덩, 출렁.

"말해. 말해도 돼."

물고기들이 그렇게 말하는 것 같았어요.

코리는 마음이 흔들렸어요. 또야가 흉터를 만질 때 이상하게도 마음이 따뜻해졌거든요. 이렇게 부드럽고 다정한 건 엄마뿐이었는데……. 또야는 풀 죽은 목소리로 말했어요.

　"내가 괜한 걸 물었지? 미안."

　코리는 문득 엄마 이야기를 하고 싶어졌어요.

4
엄마를 그려 줄게

　다른 코끼리들과 함께 먹을 것을 찾아 이동할 때
였어.
　"엄마 옆에 딱 붙어 있어야 해."
　엄마가 몇 번이나 말했어.
　"응, 엄마."
　나는 씩씩하게 대답했지.
　들판에는 신기한 게 많았어. 그런데다 우리 코끼
리들이 지나가면 다른 동물들이 슬금슬금 비켜서는

거야. 나는 으쓱해서 고개를 빳빳하게 들었지. 그때 저 멀리서 빨간 열매가 주렁주렁 달린 나무가 나를 보고 손짓하더라. 나도 모르게 열매 쪽으로 걸어갔어. 엄마와 멀어지는 줄 까맣게 모르고 말이야.

빨간 열매는 달고 맛있었어. 정신없이 먹었지. 그러다 이상한 느낌이 들어서 고개를 돌렸어.

"크앙."

날카로운 사자 이빨이 내 얼굴을 파고드는 순간, 찢어지는 엄마 목소리가 들렸어.

"코리야!"

달려온 엄마가 힘껏 사자를 쳐냈어. 사자는 그대로 나가떨어졌지. 화가 난 사자가 엄마에게 덤볐지만, 어림없었어.

"엄마가 떨어지지 말랬잖아!"

나는 너무 무서워서 화내는 엄마 품을 파고 들었

어. 그때 내 코에 끈적한 게 느껴지는 거야.

"엄마, 피!"

엄마 배에 찍힌 사자 이빨 자국이 깊고 선명했어.
엄마는 나를 살피느라 아픈 줄도 몰랐던 거야. 다른
코끼리들은 이미 멀리 가 버린 뒤였고, 나는 너무 어
렸어. 피를 너무 많이 흘린 엄마는 몇 날 며칠을 앓
다가 결국…… 여기서 그만…….

코리는 말을 잊지 못하고 엉엉 울었어요. 오래전 일인데도 어제처럼 기억이 생생했어요.

"그래서 네가 여기를 떠나지 못하고 있었던 거구나……. 엄마 보고 싶지?"

코리는 바닥에 엎드린 채 고개를 끄덕였어요. 또야가 커다란 코리를 토닥였어요.

"울지 마. 내가 엄마를 그려 줄게."

"뭐? 엄마를?"

놀란 코리가 고개를 번쩍 들었어요. 코리 얼굴은 온통 눈물범벅이었지요.

"응, 그러니까 얼른 물 좀 갖다줘 봐."

또야의 말에 코리는 눈물을 쓰윽 쓰윽 닦았어요. 고개를 갸웃하며 호수에서 물을 가져와 또야에게 뿜어 주었지요. 또야는 폭포처럼 쏟아지는 물에 미끄러지지 않으려고 바동거리며 소리쳤어요.

"한 방울이면 돼! 한 방울!"

코리는 콧구멍에 남아 있는 물을 한 방울 똑 떨어뜨려 주었어요.

또야는 물감을 풀어 그림을 그리기 시작했지요. 흉터가 우둘투둘해서 힘들었지만 꼼꼼하게 그림을 그렸어요.

"너희 엄마는 어떻게 생겼어?"

또야가 묻자 코리는 신나게 설명했어요.

밝은 회색빛 긴 코로 다정하게 쓰다듬어 주던 엄마. 빨간 열매를 높이 치켜들고 장난치던 엄마. 언제나 "코리 최고!"라며 칭찬하던 엄마.

엄마 이야기를 하는 코리 얼굴은 밝았고 눈빛은 더없이 반짝였어요. 열심히 그림 그리던 또야가 마침내 소리쳤어요.

"다 그렸다! 얼른 호수에 비춰 봐."

"호수에? 엄마를 볼 수 있단 말이야?"

코리는 들떠 호수에 풍덩 발을 넣었어요. 코리 발을 중심으로 호수에 물결이 동그랗게 퍼져 나갔어요. 코리가 물속을 들여다보며 웅얼거렸어요.

"엄마…… 없는데?"

"움직이지 말고 잠깐만 기다려 봐."

또야가 코리 등에서 소리쳤어요. 잠시 뒤 물결이 잠잠해지고 호수 위가 거울처럼 깨끗해졌어요. 코리는 가만히 호수에 얼굴을 비췄어요.

정말! 왼쪽 눈과 코 사이에 엄마가 있었어요! 긴 다리에 통통한 몸, 크고 따뜻한 눈까지. 한참을 들여다보던 코리가 중얼거렸어요.

"엄마 귀에 노란 점 있는데……."

또야가 노란 물감으로 점을 콕 찍었어요. 코리가 기뻐 소리쳤지요.

"똑같아!"

좋아서 어쩔 줄 몰라 하는 코리 모습에 물고기들도 덩달아 코리 다리를 간지럽혔어요.

"엄마."

얼마나 보고 싶은 엄마였는지! 코리는 엄마를 만져 보고 싶어 눈 밑을 더듬으려고 했어요. 그러자 또야가 말렸어요.

"안 돼. 지워진단 말이야. 물감이 다 마를 때까지 참아."

코리는 물속에 비친 엄마를 보고 또 보았지요. 행복했어요. 엄마가 함께 있으니까요.

또야는 코리 등에 앉아 스케치북에 그림을 그렸어요. 쓱쓱 싹싹. 호수를 그리고 들판도 그렸어요. 지켜보던 먼 산은 따스하게 빛나고, 노을은 빨개진 얼굴을 호수에서 씻고 있었지요.

코리는 또야가 그림 그리는 소리를 들으며 꾸벅꾸벅 졸았어요. 꿈속에서 엄마랑 즐겁게 놀았지요. 꿈꾸는 코리 입꼬리가 한껏 올라갔어요.

5
사자의 코털을 건드려

조르르 폴짝 조르르 폴짝!

언덕을 신나게 내려가던 또야는 갑자기 걸음을 멈
추고 냉큼 땅에 엎드렸어요. 저 멀리 큰 나무 아래
사자가 앉아 있었거든요.

"뭐야, 코리보다 훨씬 작잖아?"

또야 입가에 히죽해죽 장난기가 돌았지요. 또야는
사인펜을 챙겨 살금살금 사자 쪽으로 다가갔어요.

사자가 가까워질수록 가슴이 콩닥콩닥 뛰었지요.

또야는 조금 떨어진 곳에서 사자가 낮잠 자기를 기다렸어요. 사자는 몸을 벅벅 긁다가, 고개를 둘레둘레 돌리기도 하고 입이 찢어져라 하품도 했어요. 아무리 기다려도 잠잘 생각이 없어 보였지요. 또야는 사자를 향해 주문을 걸기 시작했어요.

"사자야, 잠들어라. 잠들어라."

이상하게도 주문을 외울수록 자꾸만 또야 눈이 감겨왔어요.

또야는 잠을 쫓으려고 수염을 잡아당기기도 하고, 머리도 흔들었지요. 눈을 깜박여 봤지만 소용없었어요. 눈꺼풀이 너무 무거웠어요. 그러다 잠시 졸았나 봐요. 화들짝 눈을 떴을 때 운 좋게도 사자는 낮잠에 빠져 있었지요.

"휴, 다행이다."

또야는 조심조심 사자 꼬리 쪽으로 갔어요. 코리
에게 해 봐서 아는데, 큰 동물은 꼬리가 안전하거든
요. 최대한 소리 나지 않게 조심하며 걸었어요. 마침
내 사자 꼬리가 눈앞에 있었어요. 또야는 사인펜으
로 꼬리를 칠하기 시작했어요. 빨간색, 주황색, 노랑
을 칠하고 보라색까지 꼼꼼하게 칠했지요. 사자는
꼬리에 무지개가 뜬 줄도 모르고 쿨쿨 잠만 잤어요.

또야는 사자 꼬리에 뜬 무지개가 마음에 쏙 들었어요. 자신감이 생긴 또야는 사자 얼굴로 향했지요. 또야 손길마다 사자 갈기가 파란색으로 물들었어요. 또야는 심장이 터질 듯 무서우면서도 너무 재미있었어요. 조금만 더, 조금만 더! 신나게, 하지만 조심 조심! 그러다 그만 사자 코털을 건드리고 말았어요.

"에취!"

사자 재채기에 또야가 바닥에 나동그라졌어요.

"코, 콩쥐 살려!"

코리 귀에 다급한 목소리가 들렸어요.

"어디서 나는 소리지?"

　주위를 살피던 코리 눈에 저 멀리 달려오는 또야와 그 뒤를 쫓는 사자가 보였어요. 헉! 코리는 숨이 막혔어요. 쓰러지던 엄마 모습이 떠올라 온몸이 벌벌 떨렸지요. 도망가고 싶었어요. 그런데 발이 안 떨어졌어요.

　"나 좀 도와줘! 아악!"

　숨넘어가는 또야 비명이 계속 들렸어요. 또야가 잡아먹히려는 순간, 코리는 휘뚜루마뚜루 사자에게 달려들었어요. 두 눈을 질끈 감고 코를 마구마구 휘둘렀지요.

　"크아앙."

　중심을 잃고 휘청거리던 사자가 날카로운 이빨을 드러냈어요. 쿵! 코리는 심장이 내려앉았지만 억지로 눈을 부릅떴어요. 가슴이 터질 것 같아도 꼼짝 않고 버텼어요. 덜덜 떨리는 다리에 힘을 꾹 주면서요. 코리를 노려보던 사자는 고개를 떨어뜨리더니 비틀비틀 뒷걸음치며 도망갔어요.

사자가 멀어지자 코리는 그 자리에 털썩 주저앉았어요. 후하, 후하, 참았던 숨을 몰아쉬었지요. 풀숲에 숨어 있던 또야가 잽싸게 튀어나왔어요. 달달 떨던 모습은 온데간데없고 신이 나 폴짝폴짝 뛰며 코리 주위를 돌았어요.

"우아! 사자를 이겼다. 코리 만세!"

코리는 가슴이 벌렁거렸어요.

'내가 사자를 이겼다고?'

믿어지지 않았지요. 사자 이빨이 다시 떠올라 몸이 부르르 떨렸어요. 그래도 큰소리를 빵빵 쳤지요.

"그깟 사자, 한주먹 거리도 안 되던걸!"

코리는 목을 빳빳이 세웠어요. 다리에 힘도 주었어요. 마음이 꽉 차올랐지요. 코로 엄마를 더듬었어요. 엄마에게 자랑하고 싶었거든요. 엄마가 들을 수 있도록 크게 소리쳤어요.

또야도 코리와 소리 맞춰 노래 불렀지요.

"위풍당당 코리! 사자 따위 이젠 무섭지 않다네."
들판 가득 노랫소리가 울려 퍼졌어요.

6
들판이 왜 이렇게 넓지?

드디어 소풍날이에요! 또야는 벌거숭이 언덕에서 들쥐 친구들을 만나자마자 신나게 어제 일을 떠들었어요.

"어제 말이야. 내가 사자를……."

사자라는 말에 친구들이 눈을 동그랗게 뜨고 귀를 쫑긋 세웠어요. 또야 목소리가 점점 높아졌지요.

사자 코털을 건드리는 바람에 죽을 뻔한 이야기까지 했을 때, 친구들은 바들바들 떨면서도 또야 다음 말을 기다렸어요. 또야 목소리는 이제 하늘을 찔렀지요. 내내 뚱한 얼굴로 듣고 있던 작은 들쥐가 입을 삐죽였어요.

"흉코가 널 도와줬다고? 거짓말."

다른 친구들도 작은 들쥐 말에 고개를 끄덕였어요. 또야 말을 믿지 못하는 것 같았어요.

"정말이라니까! 날 위해 사자와 싸웠다고!"

어제 코리가 얼마나 당당하고 멋졌는데. 그걸 몰라주다니. 속상했어요. 통통이가 씨근대는 또야 손을 잡으며 말했어요.

"이제 우리 술래잡기하자."

"좋아. 가위바위보."

술래가 된 또야는 친구들을 찾아 풀숲은 누볐어요. 하나둘 친구들을 찾아낼 때마다 웃음이 절로 났지요. 또야와 친구들의 즐거운 웃음소리가 벌거숭이 언덕에 울려 퍼졌어요.

한편, 코리 눈은 자꾸 벌거숭이 언덕으로 향했어요. 같이 소풍 가자는 또야에게 몇 번이나 싫다고 했는데 말이에요. 오늘따라 들판이 이상하게 넓어 보였어요. 햇볕도 유난히 따갑게 느껴졌고요. 웬일인지 물고기들도 조용했어요.

"이렇게 더운데…… 혹시 물이 필요하지는 않을까? 아니, 뭐 알아서 하겠지! 아니야, 그냥 가…… 가 볼까……? 그래, 가 보는 거야!"

코리는 들썩이는 엉덩이를 이기지 못하고 일어났어요. 자신도 모르게 발걸음이 벌거숭이 언덕으로 향했지요.

쿵 쿵 쿵.

술래잡기하던 또야가 반갑게 달려왔어요.

"코리! 우리랑 같이 놀려고 온 거야?"

코리는 코로 엉뚱한 곳을 가리키며 어물어물 대답

했어요.

"여기로 소풍 온 거야? 나, 나는 저기 가려고……."

또야는 고개를 갸웃했어요. 분명히 같이 놀려고

온 것 같은데, 아니라잖아요. 또야는 코리를 골려 주

고 싶어서 시치미를 뚝 떼고 말했지요.

"그래? 그럼 잘 가. 안녕."

웃음이 터져 나오는 걸 참으며 손을 흔들었어요.

'반가워할 줄 알았는데⋯⋯. 그냥 가라니.'

코리는 이러지도 저러지도 못한 채 가만히 서 있었
어요. 줄줄이 선 들쥐들이 그 모
습을 보고 있었어요.

통통이는 또야 등에 딱 붙어 고개만 옆으로 빠끔 내밀고 있었지요. 멋쟁이는 통통이 꼬리를 붙잡고 있고요. 유난히 털이 새까만 들쥐는 팔짱을 낀 채 눈만 말똥거렸지요. 키 작은 들쥐는 맨 끝에 서서 고개를 빳빳이 들고 서 있었어요. 흠흠, 헛기침하면서요.

"코리야, 반가워. 같이 놀자."

멋쟁이가 코리에게 다가가며 말했어요. 코리가 뭐라고 대답하기도 전에 키 작은 들쥐가 끼어들었어요.

"큰 동물은 위험해. 오늘은 들쥐 친구들끼리 소풍 온 거란 말이야."

그렇게 말하면서도 따가운 햇볕을 피해 슬금슬금 코리가 만들어 낸 그림자 안으로 들어갔지요. 옆에 있던 새까만 들쥐가 툴툴댔어요.

"짜증 나. 한참 재미있었는데!"

멋쟁이가 작은 들쥐와 새까만 들쥐 손을 잡고 코

리에게 다가가며 말했어요.

"코리랑 같이 놀면 더 재밌을 거야."

작은 들쥐와 새까만 들쥐는 입을 삐죽이면서도 못 이기는 척 이끌려 갔어요. 통통이도 거들었어요.

"배고프다. 우리 같이 도시락 먹자. 응?"

또야는 감자 샐러드와 건포도가 든 도시락을 코리 앞에 펼쳤어요.

"나, 나는 괜찮아."

사실 코리에게 또야 도시락은 너무 작아 한입 감도 안 됐어요.

"내가 만든 샌드위치야."

"이것도 먹어 봐. 옥수수 쿠키야."

멋쟁이가 샌드위치를 꺼내자 통통이도 내놓았지요. 새까만 들쥐와 작은 들쥐도 마지못해 먹을 것을 꺼냈어요. 조금씩 모았는데 제법 양이 많았어요. 통통이

가 코리 코에 옥수수 쿠키를 올려 주었어요.

코리는 처음 먹는 음식과 과자, 다정하고 친근한 말들이 모두 낯설었어요. 이상하게 목이 뜨거워졌지요.

"아, 더워."

코리는 통통이 말이 반가웠어요. 어색해서 무엇이라도 해야 할 것 같았거든요.

"내가 시원하게 해 줄게. 코끼리는 그런 거 잘해!"

코리가 큰 귀를 부채처럼 흔들었어요.

"아, 시원해."

통통이가 바람을 맞으며 코를 벌렁거렸어요. 코리는 신나서 더욱 세차게 귀를 흔들었어요. 그 바람에 멋쟁이의 치마가 홀라당 뒤집어지고, 다른 들쥐들은 바닥에 있는 풀을 꽉 움켜쥐어야 했어요. 들쥐들은 합창하듯 소리쳤어요.

"그만해!"

또야도 꽥 소리를 질렀어요.

"코리 너, 꼼짝 말고 가만히 있어!"

코리는 당황하며 뒷걸음질을 쳤어요.

"미안, 난 그냥……."

그때, 코리 발밑에서 도시락 바구니가 빠지직 부서졌어요. 화들짝 놀라 발을 옮기자 이번에는 스케치북이랑 물통이 밟혔어요. 코리는 큰 발을 어디에 두어야 할지 몰라 다리를 들었다 놓았다 했지요. 들쥐들은 입을 벌린 채 그 모습을 멍하니 바라봤어요.

도시락은 찌그러져 흙투성이가 됐고, 물통 물은 바닥에 다 흘러 버렸어요. 새까만 들쥐가 팔짝팔짝 뛰며 화를 냈어요.

"이럴 줄 알았다고! 이게 다 코리 때문이야!"

새까만 들쥐는 멋쟁이에게 딱 달라붙어 바들바들

떨었어요.

"너무 무서워."

코리는 고개를 숙인 채 힘없이 호수 쪽으로 걸어 갔어요. 호수에 가서 한 번 꿀꺽, 두 번 꿀꺽, 꿀꺽꿀 꺽 실컷 물을 마셨지요. 시원한 물을 마시자 마음이 조금 가라앉는 것 같았어요. 땀범벅이 된 또야와 친 구들이 떠올랐지만, 이내 고개를 저었어요.

"내가 무슨 상관이람."

코리는 코에 물을 가득 채워 온몸에 뿌렸어요.

쏴아 쏴아.

몇 번 물을 쏟아붓고 나니까 몸도 마음도 개운해 졌어요. 다시 호수에 코를 집어 넣던 코리는 가슴이 철렁했어요. 눈 밑에 있던 엄마가 사라졌거든요.

"잘못 봤나?"

눈을 질끈 감았다가 다시 떠도 엄마는 없었어요.

"맞아! 물결 때문에 그럴 거야."

코리는 조마조마한 마음으로 호수가 고요해지기를 기다렸어요. 거울처럼 깨끗해진 호수에 다시 얼굴을 비춰 봤지만 엄마는 보이지 않았어요. 얼룩덜룩한 흉터만 남아 있을 뿐이었지요.

코리는 당황해서 눈을 끔벅이며 눈알을 데굴데굴 굴렸어요. 그러다 코리 눈이 점점 커졌어요.

"어, 어?"

호수 속에 커다랗고 건강한 코끼리가 있었어요. 동그란 눈 밑에 흉터가 있는 코끼리가요.

엄마랑 똑 닮은 코끼리! 엄마만큼 큰 코끼리!

그건 바로 코리였어요. 코리는 벅차오르는 가슴을 누르며 물을 빨아들였어요. 코가 빵빵해졌지요. 마음도 한껏 부풀었고요. 코리는 하늘을 향해 물을 힘껏 뿜었어요. 쏟아지는 물줄기마다 눈부신 무지개가 떴어요.

7
함께 그림을

한편, 또야와 친구들은 노는 게 심드렁해졌어요.
새까만 들쥐가 친구들 눈치를 살피며 물었어요.

"우리, 층층 쌓기 놀이할래?"

층층 쌓기는 들쥐 위에 들쥐가 올라가 1, 2, 3층을
만드는 놀이예요.

또야는 혼자 가 버린 코리가 마음에 걸렸어요.

"우리 코리 등에 올라가 볼래? 얼마나 높고 멋진지
몰라."

"또 흉코야?"

"난 무서워서 싫어."

새까만 들쥐와 작은 들쥐는 말릴 새도 없이 쌩하니 가 버렸어요. 또야는 통통이, 멋쟁이와 함께 호숫가에 갔지만 코리는 없었어요. 움푹 팬 빈자리만 휑하니 남아 있었지요.

"어디 갔지?"

한참을 기다려도 코리는 나타나지 않았어요. 통통이가 하품하며 먼저 일어났어요.

"코리는 멀리 갔나 봐. 그만 가자."

또야와 멋쟁이도 통통이 뒤를 따랐지요.

셋이 큰 바위를 지날 때였어요. 멋쟁이가 걸음을 멈추고 큰 바위를 올려다보며 말했어요.

"이 바위에 그림 다 그리면 정말 멋지겠다."

또야가 바위 꼭대기를 올려다보며 아쉬운 듯 말했

어요.

"내가 사다리도 타 보고, 기어올라도 봤는데, 안 되더라. 저기 저 높은 곳에 그릴 방법이 없어."

통통이 눈이 동그래졌어요.

"이 바위에 기어올랐단 말이야?"

멋쟁이는 부러진 또야 발톱을 보며 말했어요.

"그래서 발톱을 다쳤구나!"

또야가 어깨를 으쓱하며 웃었어요.

"이 정도야 뭐, 아무렇지도 않아. 난 그림 좀 그리고 갈게. 너희들 먼저 가. 안녕!"

"못 말리는 또야, 안녕."

멋쟁이와 통통이는 손을 흔들며 갔지요.

또야는 큰 바위에 그림을 그리기 시작했어요. 까치발도 하고, 돌을 가져다 층층이 쌓아 놓고 올라서기도 했지요. 풀들과 작은 꽃을 그렸어요. 뛰어노는 친구들도 그랬지요. 그러다 아득히 높은 바위 꼭대기에 새들과 하늘도 그리고 싶어졌어요.

끙끙. 조금만 더.

점점 더 높은 곳을 향해 폴짝폴짝 뛰었지요. 팔을 위로 힘껏 뻗으면서요. 그때였어요. 갑자기 또야 몸이 공중으로 붕 떠올랐어요. 까마득히 높았던 곳에 손이 닿지 뭐예요.

"앗, 이게 뭐야?"

어느새 다가온 코리가 코로 또야를 받쳐 주고 있었어요.

"고마워, 코리야. 넌 멋진 내 친구야!"

또야는 너무 기뻐 춤추듯 몸을 흔들었어요.

"어어, 난 그냥······."

코리는 멋진 친구라는 말이 좋았어요. 가슴이 콩
콩콩 뛰고 자꾸만 웃음이 나왔지요. 마음이 간질간
질해져 고개를 살짝 숙였어요. 그 바람에 코가 아래
로 늘어졌어요.

"코리야, 코!"

또야가 소리치자 코리는 얼른 코에 힘을 주었지

요. 꼬리를 살랑살랑 흔들
면서요.

신이 난 또야는 큰 바
위에 그림을 그렸어요.
쓱쓱 싹싹. 보이는 대
로, 느끼는 대로 마

음껏 그렸어요. 하늘만큼 높고 반질반질한 바위에 너른 들판이 펼쳐졌어요. 낮은 풀들과 작은 꽃들, 큰 나무와 여러 동물도요.

지나가던 동물들이 걸음을 멈추고 그 모습을 지켜보았지요. 언제 왔는지 멋쟁이와 통통이도 있었어요. 또야와 코리를 지켜보는 동물들 위로 붉게 물든 하늘이 커튼처럼 드리워졌어요.

작가의 말

언젠가 도심 한가운데 있는 작은 공원을 지날 때였어요. 마음이 우울해서 멍하니 땅만 보며 걸었지요. 공원 중앙 동상을 지나 공원 구석진 곳을 지나던 참이었어요. 아주 작은 무엇인가가 내 발 앞을 조르르 지나갔어요. '조르르'라고 표현했지만 어쩌면 '휙'이라는 말이 더 정확할지도 모르겠어요.

나는 쪼그리고 앉아 그 녀석이 사라진 곳을 봤지요. 그곳은 별 다를 게 없는, 잡풀들이 무성한 그냥 풀밭이었어요. 다리가 저려 막 일어서려는데, 작은 생쥐 한 마리가 보일락 말락 하는 작은 구멍에서 고개를 빠끔 내미는 거예요. 생쥐 몸은 회색빛이었고 눈은 새까만 콩알 같았어요.

생쥐는 눈을 반짝이며 나를 빤히 쳐다봤어요. 어쩐지 장난기가 가득한 눈빛 같았어요. 나도 일부러 그 녀석 눈을 피하지 않았지요. 그러자 생쥐는 슬그머니 고개를 돌리더니 풀 사이를 요리조리 바쁘게 돌아다녔어요. 그런 생쥐를 나는 눈으로 열심히 쫓았어요. 생쥐는 보란 듯이 공원을 누비고 다녔지요. 공원 중앙 동상을 기어오르려다 미끄러지면서도 다시 기어오르는 모습을 보며 나도 모르게 풋, 웃음을 터트렸어요. 내가 많이 우울하다는 것도 잠시 잊어버렸지요.

생쥐와의 시간은 아주 짧았지만, 공원을 떠나는 내 마음은 조금 가벼워졌어요. 그때 생각했어요. 이 도시에 참 많은 생명들이 함께 살고 있구나! 아주 작은 동물이 커다란 존재를 변화시킬 수 있겠구나! 《낙서 대장 또야》는 그렇게 시작된 이야기입니다.

우리는 모두 은총을 넉넉히 받았어요. 내가 가진 그 넉넉함으로 내민 다정한 손길이 누군가에게 큰 위로와 힘이 될 수 있다는 이야기를 나누고 싶었어요.

모든 생명이 함께 편안하고 행복하면 좋겠어요.

김나월

사과씨 문고 003

낙서 대장 또야

초판 1쇄 인쇄 2024년 11월 4일
초판 1쇄 발행 2024년 11월 25일

글 김나월 **그림** 지수
펴낸이 이범상
펴낸곳 (주)비전비엔피 · 그린애플

책임편집 신은정
디자인 김혜림
마케팅 이성호 이병준 문세희
관리 이다정

주소 우) 04034 서울특별시 마포구 잔다리로7길 12 (서교동)
전화 02) 338-2411 | **팩스** 02) 338-2413
홈페이지 www.visionbp.co.kr
인스타그램 https://www.instagram.com/greenapple_vision
포스트 post.naver.com/visioncorea
이메일 visioncorea@naver.com
원고투고 gapple@visionbp.co.kr

등록번호 제2021-000029호

ISBN 979-11-92527-71-0 (74800)
        979-11-92527-47-5 (세트)

· 값은 뒤표지에 있습니다.
· 잘못된 책은 구입하신 서점에서 바꿔드립니다.

이 책은 2024년 부산광역시, 부산문화재단의 문화예술지원사업
<우수예술지원> 문학 부문에 선정되어 발간되었습니다.